달빛이 와서 쉬는 곳

달빛이 와서 쉬는 곳

—

초판 1쇄 2017년 5월 25일
지은이 유경환
펴낸이 김영재
펴낸곳 책만드는집

—

주소 서울 마포구 양화로3길 99 4층 (04022)
전화 3142-1585·6
팩스 336-8908
전자우편 chaekjip@naver.com
출판등록 1994년 1월 13일 제10-927호
ⓒ 유사라, 2017

—

—

ISBN 978-89-7944-612-8 (03810)

유경환 시집

달빛이 와서 쉬는 곳

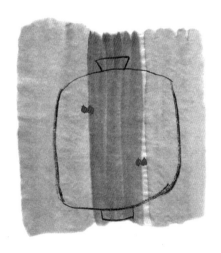

책만드는집

1부

2부

3부

4부

5부

6부

1부

고향 다녀오기

우물 속에 달이 있고
우물 속에 별이 있는
고향 시골집

가만히 생각해보니
가만히 생각해보니

우물 속에 달과 별 있는

고향 시골집이

어느새 내 가슴에 옮겨져 있다

일기예보

눈이 내린다고
일기예보가 나오면
선친은 빗자루를 들고
뜰로 나서셨다

눈이 온다는데
뜰은 왜 쓰셔요
선친은 못 들은 척
뜰을 쓰셨다

그 넓은 뜰에
싸리비 자국을 남기며
구석부터 구석까지
알뜰하게 쓰셨다

다음 날 아침
반듯한 시루떡처럼
깨끗한 눈 위에
새 발자국 몇 개…

빛나는 무게의 눈부심

그 눈부신 무게의 정결

눈이 내린다는

일기예보를 들으면

싸리비를 들고 싶지만

구석부터 구석까지

알뜰하게 쓸어둘

마음의 뜨락조차 없어

하늘 새 발자국도

보지 못한다

부디 아름다워라

냇물이 강물과 만나도
강은 조용하다

산이 큰 산과 이어져도
산은 조용하다

논밭의 곡식이 익어가도
들판은 조용하다

깊고 큰 것은 조용하고
조용한 것은 아름다운 것

깊고 크며 아름다워라
부디 그토록 아름다워라

아름다워라

아름다워라
눈앞에 펼쳐진
저 들과 산

아름다워라
눈앞에 만나는
저 내와 강

아름다워라
아득히 만나는
저 바다와 하늘

그렇게 만나는
그렇게 만나는
사람과 사람들

그래서 찬양하는
사람과 사람들
아름다워라

아침 숲

새가
나무 기둥에
동그란 집을 팠다

나무는
눈 감고
새의 노래 듣는다

새도

나무도

아침이 즐겁다

겨울나무들의 숲

겨울나무들
귀만 연 맨몸으로
달빛 내리는 소리라도 듣고 있는지

발뒤꿈치 조금씩 치켜드는 것도
귀 켜지는 것도
볼 수 있다

겨울나무들

귀만 연 맨몸으로

온몸 떨며 무슨 소리 듣고 있을까?

봄비는

봄비는
달팽이
작은 두 뿔대를 키우고

봄비는
탱자나무 울타리에
예쁜 초록 뼈를 키우고

봄비는
먼 산자락에 숨어 우는
산새 부리도 키우고

그리고 그 뒤에는

하늘

하늘

하늘

우리 할머니

주름져 기렁진 눈에

눈물로 고여온나

토끼풀

며칠 만에
네 잎 토끼풀을 찾아내고
그리도 즐거워한 적이 있었다

그러나 토끼풀은
오래가지 않고
시들어 말라버렸다

우리들이 찾는 즐거움과 기쁨이

이와 별로 다르지 않을진대

아직도 풀밭에 나서면

토끼풀 무더기에

눈길이 간다

삶에서 경험이 멋지다고 말하지만

그것만으로 보람 있게 살 수는 없는 일이니

풀밭에 나서선
옛일 떠올리며
토끼풀에
또다시 눈길을 흘린다

오히려
때때로 아득한 기억 속의 미소를
찾아내는 것이
더 멋진 기쁨일 수도 있다

어린 중

네모진 절 마당에 탑이 하나
눈이 내려 돌탑에도 얹힌다

어린 중이 비를 들고 나와
돌탑의 눈을 쓸어 내린다

그 위에 금방 눈이 또 쌓인다
어린 중이 비를 놓더니

두 팔 벌리고 맴을 돈다
빙금 빙글 빙글

한참 바라보고 섰다가
다가가서
나도 함께 돌아준다

빙금 빙글 빙글
어린 중이 곁눈질로 웃는다

굴렁 굴렁 굴렁쇠

굴렁쇠 굴리던 길이
그땐 좁았다

좁고 굽은 길에서도
굴렁쇠는 잘 굴렀다

굴렁쇠 밀고 가면
읍내도 멀지 않고 가까웠다

굴렁 굴렁 굴렁쇠가
날 끌며 굴렀다

넓고 곧은 길에서 사라진 것은
어디 굴렁쇠뿐이랴

유배지 流配地

하얗게 돋은 버섯

눈이 앉은 섬

성긴 머리카락 같은

겨울나무들

서로 등 대고 바람 막는

그래도 목소리 컸던

조선조 사람들의
덕담처럼

덜 원한 만큼
더 자유로워진
하얀 섬

겨울 변두리에 갇힌
내 가슴 섬

풀피리 소리

풀잎은
발마에
휘지 않고

기다림 끝에
동그라이 말려
길어진 그리움 때문에
휜다

짧은 피리 소리도

끊기며

휜다

나무는 겨우내

나무는 겨우내
무슨 일을 하나?

나무의 나이테는
돌돌 말린 돗자리

나무는 겨우내
돗자리 감아 마는 일을 한다

새봄에 초록으로 펼쳐낼 돗자리

따슨 겨울 볕 속에 세워 마느라고

나무는 겨우내

숨결 아껴가며

모르게 돌돌 만

숨을

안으로 쉰다

봄 언덕

햇살 미끄러지는
봄 언덕
나의 유년이
빛난다

밤사이
소리 없이
봄비 내린 날

아침에

다시 본 언덕은

얼마나 눈 시리게 하는가

맑은 눈으로

싱싱함을 읽는

삶이

고달픔을 일깨워 주누나

새벽이슬 한 방울

초록 풀에
한 방울
초록 이슬

꽃잎 위에
한 방울
분홍 이슬

엄마 손에

한 방울

보람 이슬

초록 별에

한 방울

하늘 눈물

2부

오대산 산길

오대산
달빛

나귀도 없는데
방울 소리가
난다

숲 속의 사잇길

숲 속에
사잇길이 있네
굽어서 숨어 있네

틈새로 스며든
하늘과 달콤한 바람
싱싱한 숲 향기

이 길을 낸 사람들은

이미

이 세상 사람들이 아니리

봄, 여름, 가을, 겨울

철 따라

그들의 숨결과 모습은 다르리

잘한 일, 착한 일, 고마운 일을 한 사람들은
언제고
칭송받는 일이 당연하리

숲 속의 사잇길을 걷는 내게
길은
무엇인가를 타일러 주네

산속의 샘

산속에
샘
숨어 있다

남모르게
고여
낙엽에 반쯤 덮인
샘

보름 달밤엔

낙엽을 밀어내고

달이 빠진다

산 샘에서

달의 눈동자를 보는

사슴이고 싶다

안개비 속에

안개비 속에
앞산이
먹구름으로 운다
우 우 우

얼마나 억울한 일
참아왔기에
저리도 큰 소리로
울어대는가

우리도 한때

그런 60년대를 살면서

모질게 모질게

견뎌냈지

이제

모든 걸 토해버려

앞산이

먹구름으로 운다

서럽지 않도록 울어라

앞산이여

초가지붕 닮은 산들

초가지붕 닮은 산들이
겹겹으로 여며
그 사이로 좁은 길을 내었다

가까이는
몇 그루 미루나무가 섰고

멀리로는
하늘 내려앉은 등성이에
분홍 꽃 무더기 뭉개고

심심한 하늘에

이따금씩 나래 긴 새가

천천히 금을 긋고 지나갔다

가나 하던 봄빛이

그렇게 어리던 시골

이젠 눈 감아야 보이는

그림이 되었다

골목길의 끝

추녀가 어깨동무하고 만든
골목길이 사라졌다

긴 골목길에
찰랑찰랑하던
아이들 목소리가 사라졌고

굴뚝새 잡던
떠들썩한 이야기도 사라졌다

담 너머 늘어진
앵두나무 가지도
또 저물녘
아이를 부르던 목소리도

낮은 창에 바싹 대고 외치던
두부장수 떡장수들의
기나긴 목소리
"사려어"까지도

가슴 막히듯 아슴하던
골목길의 잿빛 끝이
이젠 그립다

한강 갈밭

갈대에선
뼈 부딪는 소리가 난다

대대로 대대로
갈밭에서 살아오다
남기고 간
뼈 부딪는 소리

흐린 구름 낮아지면서
북풍이 불어올라치면
먼저 몸 흔들어
뼈를 맞대고 울어버리는

역사책의 먹물처럼

서러워 서러워

그토록 모질게 꼿꼿이 줄 서

서서 죽은

조상의 갈밭

갈대에선

오늘도 여전히

그 서러운 흙 내음 풍기며

뼈 부딪는 소리가 난다

바람의 집

미루나무 몇 그루 사는 강변

미루나무 끝에는
바람이 살고 있다

미루나무 끝이 구름에 흔들릴 때
바람이 살고 있는 것이 보인다

미루나무 끝에는
바람의 집이 있다

먼 곳으로 가보고 싶은 이유

큰 새는
날개가 길고 꼬리도 큰 새
그렇게 알았지

아니야,
큰 새는
날개 길고 꼬리 크고
가슴도 넓은 새래

아, 아니야

큰 새는

날개도 꼬리도 가슴도

그리고 마음도 큰 새래

그래서

정말 그런 새를 보려고

어디 먼 곳으로

훌쩍 떠나고 싶은 거야

대문 빗장

웬일인가

대문의 빗장을 보면 손이 올라간다

투박한 빗장 힘껏 잡아당겨

문 열어보고 싶어진다

고향 집 대문 한가운데

손때 절은 빗장이 달려 있었다

빗장 잡아끌어 밀어제끼면
확 트인 골목이 기다리고 있었다

고궁 옆 골목 한옥을
지금 기웃거리는 것은

고향 집 빗장이 그리워서만이 아니라
마음 어딘가 빗장이 걸려 있기 때문이다

같은 길 걷기

매일 같은 길
걷지만
길은 같지 않고
다르다

굽은 품도
길의 색깔도
다르다

매일 가는 산엘 가지만
산은 같지 않고
다르다

산의 높이도
산의 숨결도 다르다

길과 산이 달라지는 것인지
내가 달라지는 것인지

그걸 생각하며
오늘도
같은 길을 혼자 걷는다

나뭇잎 부딪는 소리

나뭇잎 부딪는 소리는
바람 소리인가
나뭇잎 소리인가

바람 없으면
나뭇잎 부딪는 소리도 없으리니
그 둘의 소리일 테지

나뭇잎 생김새를 보면
바람 타라고 그리 생겼으니

나뭇잎은 떠나지 않는
바람 속의 쪽배

바람 따라 떠날 땐
나뭇잎 소리도 없다

나뭇잎 부딪는 소리
내 속에 가득 채우기 위해
귀 기울여
산길을 걷는다

한낮

손가락이 피아노 키를
지그시 누르듯

햇살이
나뭇잎을 누르고
꽃잎을 누르고
연못물을 누르고
지붕을 누르고

햇살이 불러서

비집고 나오는

아주 낮은 소리들이

한낮 뜨락에

차고 넘친다

고요한 한낮

뜨락은

내 가슴이어라

겨울 과수원 2

겨울 과수원 빈 가지에
겨우내 새들 날아오는 것은

새봄에 움틀 자리
골라주는 일

햇볕 밝 드는 곳에
발자국 찍어주는 일

겨울 과수원 빈 가지에

겨우내 새들 날아오는 것에도

우리가 모르는 뜻이 있구나

새에게 하는 말

걸어 다니며 생각하는 것처럼
새야
너도 날면서 생각하니?

날면서 생각한다면
무슨 생각을 하니?

구름 너머 아득한 곳에
무엇이 있을까 궁금하니?

오늘 해야 할 일과
내일 해야 할 일을

가까운 사이이지만

보이지 않는 새들?

아니야

나처럼

어젯일의 잘못을 생각할 거야

긴 나래 쭈욱 뻗고

꼬리 활짝 편 채

깊이 생각할 거야

3부

시오리 길

산 개울 굽은 곳엔
산길도 굽는다

산길이 심심하여
산 개울 따라간다

멀리 우는 산새들
울음소리 가려가며

마을까지 걷고 걷다

할 말이 없어지면

우리도 팔을 둘러

어깨동무하고 간다

아름다운 관계

너도밤나무들이
툭툭 터진 검은 기둥으로 서 있다

그 틈새로 깔려 있는 초록 풀들
그 초록 풀밭 군데군데 골 진 곳에
너도밤나무
묵은 잎들이 모여 엉겨 있다

겨우내 바람에 불려 가지 않고 숨어 있는 묵은 잎들

찬 서리 아침 이슬 봄비에

흥건히 젖어 엉겨 있는 묵은 잎들

축적된 기운을 목숨에

빛을 풀잎에 나눠주면

풀잎은

그것을 너도밤나무 뿌리에 전해준다

너도밤나무

묵은 잎들이 왜 가을에 지지 않고

봄까지 달려 있는지 이제사 알겠다

그들에 얽힌 도움을

아름다운 관계라 본다

산의 내장內臟

산꼭대기에서 멀리 바라보면
아득한 구름 산

그 앞에 하얀 안개 산
그 앞에 검은빛 초록 산
산들이 겹겹이 다가오고 있다

왼쪽 산이 산자락을 발처럼 내밀면
오른쪽 산이 산자락을 발처럼 내밀어

산자락과 산자락이 엇갈려
여며진 산자락 틈새로
고불고불 하얀 길이 드러난다

산들은
물 없는 바다의 섬이다
섬들은
산의 내장인 깨끗하고 하얀 산길로 이어진다

산의 내장인 산길은
산을 아름답고 건강하게 키운다

오디 익을 무렵

오디 익을 무렵
저 입술 좀 보라며
눈을 맞췄다

뽕잎 틈새로
저 입술 좀 보라며
눈을 맞췄다

오디 익을 무렵

저 입술 좀 보라던

그 애는 얼마나 컸을까

검붉은 눈망울로 웃던

잎에 반쯤 가린 쪽도 보고 싶던

매미 소리 속의 그 애는…

숨어 있는 겸손

내 곁을 자주 다녀주세요
찔레 울타리 길 옆을 지나는데
찔레 가시가 잡아 주저앉혔다

모란, 장미, 연꽃 같은 큰 꽃을 좋아하지만
찔레나무에도 찔레꽃 같은
작은 예쁨이 숨어 있어요

멀리 가는 향기, 꽃잎에 수줍은 웃음
또 숨어 있는 겸손

찔레꽃 옆길을 지날 땐

찔레꽃과 나직이 속삭일 수 있을 거예요

세상에 가장 아름다운 속삭임은

가장 낮은 목소리로만 가능해요

찔레 울타리 옆길을 자주 다녀주세요

사랑했던 가슴

하늘에
눈물 한 방울이
떨어졌다

하늘 같은 바다
남태평양 푸른 섬에
물빛 같은 가슴

하늘 같은 바다

바다 같은 하늘

남태평양 푸른 섬에

물빛 같은 가슴

기다림

구름이 흐르는 하늘
저 서쪽으로
강물도 말없이 따라 흐른다

구름이 물드는 하늘
저 서쪽으로
마음도 말없이 따라 흐른다

구름과 내 마음 하나 되는 곳
그곳에 기다리는 뉘 있으리

기다림
기다림을 생각하면
구름이 되고 싶고

기다림
기다림을 생각하면
강물이 되고 싶고

우표 속 마을

우표 속에 그려진
작은 마을에
봄비가 촉촉하게 내리고 있다

촉촉하게 젖는
초록 언덕 밑
어제 읽은 그림책 그림 같다

촉촉하게 젖는
마을 좁은 길
우체통 빨간색이 아주 곱다

촉촉하게 젖는

우산 속의 아이들

그들의 이야기가 궁금하다

우표 속에 그려진

작은 마을엘

언젠가는 꼭 찾아가고 싶다

가슴에 물결 올라오는

우리가 어느 섬에서
만났기에
이리도 섬이 그리우냐

늘 안개 끼고
바람 불어도
햇살 빛났건만

발자국 따라 그리다
포개 밟다가
멈춘 듯

우리가 어느 섬에서

손을 놓았기에

이리도 가슴 출렁이냐

돌아서면

가슴에 물결 올리는

바람 소리

나무 굴뚝 집

나무 굴뚝에서
연기 나는 집이 있다
그림처럼 지붕이 동그란 집

집 한가운데 내비치는 그림자
태어날 송아지 걱정을 하는지 모르겠다

살아온 흙집들은
연못에 비친 그림자처럼 사라지는데

아직도 산골에는

나무 굴뚝에서

연기 나는 집이 있다

솥에선 감자가

모락모락 익고 있을 테지

발끝에 채인 돌

발끝에 채인 돌이 투덜댔다
나는 왜 걷는 길 위에 올라 채이는 것일까

아 참 찻길에 자동차가 튕겨서 올라왔지
아마 공사 터 자갈 무더기에서
아이가 생각 없이 집어 던졌을 거야

그런 아이를 몹시 나무라고 싶진 않아
아이들을 좋아하니까
언젠가 스스로 나쁜 짓인 줄 깨달을 거야

우리나라도 한때 채이는 돌이었어

아둔한 나는 그걸 깨닫는 데 20년이나 걸렸지

요즘엔 바른 읽을거리가 많아서

그렇게 오랜 세월이 걸리지 않을 거야

뒷모습이 귀여운 아이들 누군가의 발끝에

아까 그 돌이 또 채이고 있네

산울림

도끼로 통나무를 쪼개는 산울림이
골짜기를 왔다 갔다 한다

이 골짜기에 들어온 지 40년이란다
그러면서 그들은
10년만 더 일찍 들어왔었으면 하고
아쉬워한다

잃어버린 10년
그것이 무엇을 뜻하는지 모르지만
나로서는 그 뜻을 헤아리기 어렵다

앞으로 10년을 채울 수 있지 않겠냐고 했더니
지나간 젊은 날의 10년은
그와 다르다고 한다

쩍 쩍 도끼질의 산울림이
골짜기를 왔다 갔다 하면서
그 뜻이 무엇인지 모르겠냐고
나에게 묻는 듯 들린다

4부

오마니이

홀로 있을 때
마음 다하여
속으로 부르는 이름
오마니이…

그래
홀로 있는 시간 위해
홀로 있을 곳 찾아
불러보는 이름

결코 만날 수 없는

저 먼 곳에 있는 이름 아니라

바로 내 옆에

폭포 거꾸로 선 소리로 다가오는

이 조용함 속에

뜻있는 현존

다만

침묵하는 것만으로도

그리움 차고 넘치는

홀로 있음에

마음 젖어오는

아픔의 이름

오마니이…

울타리 옆길

울타리 옆길엔
봄 향기 있었고

울타리 옆길엔
풀꽃이 있었고

울타리 옆길엔
나비가 날았다

114

울타리 옆길엔
새소리 있었고

울타리 옆길엔
그늘이 짙었고

울타리 옆길엔
호박이 달렸다

구부러져 정이 드는

나무 울타리

그 울타리 옆길의

봄 여름 가을은

다 어디로 갔을까

창밖의 숲

창밖의 숲을 언제나 바라본다

낮엔 낮대로 숲이 아름답고
밤엔 밤대로 숲이 신비롭다

밤에 번져 나오는 무서움보다
어둠 뒤에 숨은 신비 때문에
밤에도 커튼을 치지 않는다

어려서부터 턱 괴고 보아온 창
머리 희도록 늙어서도 여전히 창이다

창밖 숲 바라보기는
요즘도 나의 일

밤의 창밖 숲은
오히려 점점 더 신비로워진다

무지개 끝이 풀어진 마을엔

무지개는 무지개일 뿐이다
그런데도 무지개 끝이 풀린 마을엔
무언가 다른 것이
내린 것 같아

무지개는 그냥 무지개일 뿐이리라
되뇌이면서도
그 마을엔
무언가 이상한 것이
닿은 것 같아

무지개는 그냥 무지개일 뿐이라는데

혼자서

도리질하며 도리질하며

기어이 무지개 마을에

가보고 싶다

기차 통학

기차 맨 뒤 칸이
사라지면
그 자리엔
우리 학교가 보였다

방금 내려 뛰어온 내게
"넌 맨날 지각이냐?"

기차 통학생이라 하지 않고

기차 뒤 칸을 보느라 늦었다고 했다

굴속으로 사라진

맨 뒤 칸은

언제나 내 꿈을 싣고 갔다

산안개

구름에서 벗어나던
산의 얼굴처럼
새 푸르던 너의 모습

산에 오를 때마다
그 모습 떠올리지만

구름 벗어나는 산
만나기는 쉽지 않아

산안개 흩어지는
산자락에 머물며 머물며
너의 얼굴 그려보지만

산안개 내 분에 고여
끝내 보지 못하게 하누나

긴 둑 위에 다시 와서

냇물에 햇살 부서져
눈부시어 눈부시어
눈을 감을 때
흐르는
보석을 본다

냇물에 햇살 부서져
눈부시어 눈부시어
눈 뜨지 못할 때
흘러간
옛날도 본다

맑은 물 넘치던 냇가

그 긴 둑 위에

혼자서

먼 뒷날을 생각했건만

반짝이는 물여울 같을 뿐이다

냇가의 은모래

냇가의 은모래는
다리목에 한참씩
날 앉혔다

냇가의 은모래는
조금씩 밀리면서
반짝였다

냇가의 은모래는
아득한 세월 살아옴을
그렇게 보여줬다

냇가의 은모래는
그렇게 작아지면서
빛났다

생각하면 지금도
냇가의 은모래
눈부신 눈짓을
내게 보낸다

산길 걷기

산길 발자국은
반갑다

누군지 몰라도
외로움을 덜어준다

발자국 포개 걸으면
발걸음이 가벼워진다

옴폭 옴폭 자국엔

따라가도 된다는

믿음이 고여

산길 발자국은

반갑다

어쩌면

앞서간 발자국 찾기 위해

산길 걷기에

즐겨 나서는 것은 아닐까

보리가 익을 무렵

보리가 익을 무렵이면
바람들 표정이 밝았다

그때엔
그것을 몰랐으나

뒷날 커서
보릿고개를 알고 나자

보리가 익을 무렵이면

몰려드는 나비가

가볍게 보였다

지금도 지나가는 길에

보리밭을 보면

나비 떼를 떠올려

한참씩 섰다가 간다

폭포 풀꽃

폭포 옆에
꽃 한 무더기
매달려 있다

멀리 보여
무슨 꽃인지 알 수 없다

물보라 무지개 속에
멀리 보기에도 아름답다

하지만

벌 나비가 갈 수 있을까

폭포 옆에 핀

꽃 한 무더기

안쓰럽다

대장간에서

대장간에서
벌겋게 달궈진 쇠에
망치질하는 것을 보면
튕겨나 떨어지는
반짝 불 조각들

식으면 무쇠 가루인데
왜 어째서
가볍다는 생각이 드는 것일까

무엇이든 한 몸에서

떨어져 나간다는 것은

그만큼 서러운 일인가

대장간에서

무쇠의 이산가족을 생각하면

무쇠에도 쇠의 얼이 있다는

그런 생각이 든다

보슬비

세상의 가장 낮은 소리
귀담아
귀 열고

세상의 가장 고운 숨결
눈 닿아
눈 뜨며

세상의 가장 작은 방울

입술 적셔

벙그는

세상의 아주 큰 일

시작은 이렇듯 부드럽고 조용해

봄의 풀씨들

가슴 포근히 젖어오누나

마음의 구석

긴 담이 꺾인
모퉁이 구석엔
찬 바람 고이지 않고

가장 진한 햇살 아늑히 머물러
춥고 배고팠던 기억까지
잠시 그곳에 주춤거린다

이런 기억의 골목을 위해
옛날처럼 쪼그리고 앉아
귀한 햇살 따스히 받아보면

춥고 배고팠던 6·25의 아픔까지

아지랑이처럼 조금씩 더워진다

기도 없는 영혼은

외롭다는 것을 알고

이런 마음의 구석

찾아보기로 한다

은모래 바닷가

바닷가에 반짝이는
은모래엔
물새들의 하얀 이가 섞여 있을까

바닷가에 반짝이는
은모래엔
누나의 앞니도 섞여 있을까

바닷가의 모래밭을 거닐 때마다

누나 생각

물살처럼 다가와서

누나의 옛 눈빛

아른댑니다

누나의 옛 눈빛

반짝입니다

5부

눈물만 참을 수 있다면

눈물만 참을 수 있다면
눈물만 참을 수 있다면

소박한 목소리로
주님과 말씀을 나눌 수 있으련만

기도는 거룩한 대화
하늘에 이르는 길

눈물만 참을 수 있다면
눈물만 참을 수 있다면

울음만 참을 수 있다면
울음만 참을 수 있다면

작은 가슴으로라도 품을
그분의 목소리 들을 수 있으련만

기도는 거룩한 대화
하늘에 이르는 길

울음만 참을 수 있다면
울음만 참을 수 있다면

연꽃

연꽃
첫 겹이 벌어질 때
목숨의 길이를 재는 자

자의 길이를 생각하는
목숨이 있다

연꽃
두 번째 꽃잎이 벌어질 때
목숨의 길이를 재는 자

자의 눈금을 생각하는
목숨이 있다

연꽃
세 번째 꽃잎이 벌어질 때
목숨의 길이를 재는 자

자의 뜻을 생각하는
목숨이 있다

연꽃이 활짝 피고 지고
연밥이 익고 떨어져

이듬해
다시 연꽃이 활짝 필 때
비로소 허, 허, 허
목숨을 웃는
목숨이 있다

나무 등걸

산속에 나무 등걸 하나
버려져 있네
도끼 자국도 톱자국도 없는 걸 보니
번개 맞은 듯하네

그때엔
키가 가장 컸겠지
지금은 우물처럼
죽엽나무 속에 있네

성냥 공장으로 가던지

목재상으로 가던지

옆 마을 노인 부부

감자 삶는 불쏘시개가 되던지

나무 등걸은

산에서 선택을 기다리고 있네

선택은 슬픈 것이 아니야

더 좋은 일을 위한

하늘의 뜻이니까

안면도

따로따로
밀려와선

손잡고 함께 죽는
파도

오늘 사는 우리와
뭐가 다르랴

얼음 풀린 연못

새끼 오리가
자맥질한다

새끼 오리도
배우는 ㄱ ㄴ ㄷ

안개 걷힌 물그림자
봄의 눈빛

연못은
따뜻한 교실이다

봄의 햇살 부서지면
남김없이 감아내는 물그림자

얼음 풀린 연못도
따뜻한 교실이다

모시가랑잎

잎벌레가 떠나면서
모시가랑잎을 남겼다

고 작고 촘촘한 창들
고 작고 귀여운 창들

모시가랑잎으로 보면
파란 하늘이 더 곱다

나는 어떤 일을 해야

세상을 아름답게 볼 수 있을까

잎벌레보다 몇 배나

큰 몸을 가진 나는

잡을 수 없는 시간의 풍경

듬성듬성 틈새 벌어진
산 숲 사이
꿈틀대던
외줄기 흙길

머루로 빚은 술 같은
색깔로 사라지고
어둠의 이불 뒤집어쓰려 할 때

한나절 허기 못 채운

곤줄박이 한 마리

머리 위로 스친다

어느 별 하나도 빠지지 못하는

촘촘한 어둠

이쪽과 저쪽 바라만 볼 수 있던

두 봉우리 사이

마침내

짙은 그물로 덮이고 마니…

미루나무와 강둑 그늘에서

옹달샘이 있었네
물이 불어 넘쳐흘렀네

흘러 흘러 내리다
작은 웅덩이를 만났네

꼬리로 예쁘게 헤엄치는
작은 물고기들과 놀았네

빗물이 또 넘쳐
흘러 흘러 아래로 내렸네

큰 웅덩이를 만났네
큰 웅덩이에 사는 물고기들이
재주넘는 것이 재미있었네

마침내
미루나무 늘어선 강둑 그늘에
다다라 쉬고 있네

그동안 막힌 웅덩이에 갇혀

비 오기를 얼마나 기다렸던가

미루나무 강둑 그늘에 쉬고 있네

미루나무에 휘감기는 바람 소리 들으며

시원하게 탁 트인 강가에서 쉬고 있네

그리고

그 큰 웅덩이의 물빛이 하늘빛처럼 고왔네

큰 웅덩이의 물고기들이

물속에서 재주넘는 것이 재미있었네

가로지른 둑 틈새를 찾아

빠져나오려고 얼마나 애를 썼던가

이제 큰비가 내리면

바다로 가리

바다에서 하늘로 올라

산속의 고향

옹달샘에 다시 오르리

숲의 통역사

곤줄박이 새 한 마리가
숲의 말을
통역해주네
짜 짜 짜 쯔르르

곤줄박이 새 한 마리
고 작은 눈으로
숲을 다 들여다보네
짜 짜 짜 쯔르르

곤줄박이 새 한 마리
고 예쁜 입으로
숲을 다 삼켰다 뱉네
짜 짜 짜 쯔르르

곤줄박이 새 한 마리가
숲이 봄에 잠긴 것을
따라다니며 알려주네
짜 짜 짜 쯔르르

돌부처가 눈 뜨는 법

남도
부처 많기로 이름난 절에
돌부처가 누워 있다

살얼음 낀 돌부처
두 눈에
이른 새벽 첫 햇살이 닿을 때
반짝 돌부처가
눈을 뜬다

돌부처도 눈을 뜨는

법法인데

이른 새벽부터 볕을 쬐어도

눈을 못 뜨는 목숨이

사람이다

주의 손길

1
주님은
늘 가까이 계시나
그걸 모르고
멀리서만 찾고 있네
느끼게 하소서
당신을

2
주님은
늘 함께하시나
그걸 모르고
하늘에서만 찾고 있네
깨닫게 하소서
당신을

(후렴)

주님은 내 가까운 하늘

주님은 내 숨 쉬는 하늘

너무 큰 것은 모르기 쉽고

주님 또한 그러하시네

주의 맨발

주는 땡볕 속에
뜨거운 돌밭을
맨발로 걸으셨네

세상의 목마른 사람들
목마름을 채워주기 위해
터진 맨발로
뜨거운 돌밭을 걸으셨네

갈릴리 호수 물을 다 길어다
목을 축여주어도
채우지 못할 목마름을 위해
터진 맨발로
뜨거운 돌밭을 걸으셨네

밤이면
사막의 돌들이 다 식어도
목마름이 채워진 가슴은
식지 않았네

주 걸어간

사나운 돌밭에

주의 옷깃 지나간 자취를

지금도 느낄 수 있네

주의 뒷모습

주의 모습은
앞보다 뒷모습이
더 아름답네

주가 한 일은
그때보다 오늘날
더 아름답네

주의 뒷모습은

그때보다 오늘날

더 거룩하네

주의 뒷모습은

사방이 어두워올 때

바람으로 느끼네

6부

나무와 연못 1

나무 한 그루
연못가에 서 있다

여름이면 물고기들이
나무 그늘에 모여서 놀고

가을이면 연못물이
낙엽을 나룻배로 밀고 다니며 논다

나무는 그림자를 던져

물살을 느끼고

연못은 바람을 기다려

바람결에 속삭임을 전한다

나무와 연못

그들은 서로의 외로움을

잘 아는 사이다

나무와 연못 2

나무와 연못이 말을 했다
가뭄이 오래되면
나는 목이 마른데
너는 목마를 일이 없어서 좋겠다

뿌리를 연못 쪽으로 뻗으렴
그것이 그리 쉬운 일이 아니야

뿌리를 깊이깊이 아래로 내리면

스며 내린 연못물과 쉬 만날 수 있을 거야

그렇게 노력하겠지만 하늘의 도움이 필요해

조용한 그림처럼 보이는 나무와 연못

그들의 속삭임을 들을 수 있는 사람은

따로 있다

나무와 연못 3

봄이 왔다
새들이 가지에 앉아 노래했다

나무가 말했다 고맙다
그러자 연못이 입을 열었다
나도 잘 들었어

물이나 한 모금씩 마시고 가렴
새들이 포롱포롱 물 마시고 갔다

나무와 연못 4

나무의 새 가지가 뻗고
새잎이 돋았다
새잎은 아기 손처럼 예뻤다

연못엔 여기저기서
풀잎 끝이 흔들렸다
물고기들이 불어난 탓이다

모든 아름다운 일은 조용하게 이루어진다

평화로움이 어떤 것인지는

나무와 연못을 지켜보는 것만으로

알 수 있다

나무와 연못 5

소나기가 왔다

아이 시원해

아이 시원해

나무가 시원해했다

은빛 빛줄기가

하얗게 연못을 덮었다

자욱한 물안개가 걷히자

여기저기서

물고기들이 높이 뛰어올랐다

물고기나 아이들이나

물장난 좋아하기는 마찬가지다

소나기는 한여름을 즐겁게 한다

나무와 연못 6

물풀 위에
잠자리가 앉았다

구름이 지나갈 때마다
물빛이 변했다

노을이 비낄 땐
더 빛났다

나무가 말했다

넌 참 멋진 그림이구나

연못이 말했다

지금 네 잎은 얼마나 아름답다구

둘이 함께 말했다

어느새 가을이로구나

나무와 연못 7

눈이 왔다

나무는 하얀 모자를 썼고

연못은 눈이 오는 대로 받아 녹였다

차디찬 겨울 하늘이

틈 없이 내려앉은 듯

사방은 고요하다

철새들이 왔다가 그냥 갔다

두 눈 감고

고개 숙인 맨몸의 나무와

마침내 꽁꽁 얼어붙은 연못

봄을 기다리는 이들의 모습이

이름난 화가가 그려 남긴

그림처럼 보인다

나무와 연못 8

달밤이다
나무는 혼자서
그림자밟기 놀이를 하고
바람이 없는데도
연못물은 은비늘로 남실댄다

달빛은 노란빛이 아니고
푸른빛

푸른빛은

풀벌레가 길게 울지 못하고

짧게 짧게 울도록 무게를 지녔다

달빛은

옛이야기처럼

연못의 풀들을 떨게 했다

달빛은 모든 것에

달이 빠져들도록

구멍을 냈다

나무와 연못 9

원앙 한 쌍이 왔다
어디서 왔는지
못 보던 원앙이다

둘이서 조용히
물구름을 끌며
맴돌다가

물풀 뒤쪽으로
미끄러져 갔다
나무가 말했다

한 마리도 아닌 세 마리도 아닌

한 쌍

한 쌍이라는 것이 그렇게 아름다운 것인지

이제 알았다

원앙은 나무에게 무엇인가를 보여주고

다시 돌아오지 않고 사라졌다

솜 같은 뭉게구름이 연못에

잠기기 시작하자

연못은 은빛이 되었다

나무와 연못 10

물풀들이
키 높이 자라서
연못의 그림자도 넓어졌다

그런데 이상했다
푸드득이는 소리가 가끔 들렸다

고 고 고 고 고
고 고 고 고 고
둥지를 틀고 알을 품은 소리다

어떤 새일까?

나무가 목을 빼고 기웃거렸다

아무것도 보지 못했다

연못은 새로운 생명이 태어나는 곳

머잖아 새끼들이 동 동 동 떠다닐 것이다

연못은 두 눈을 지그시 감고

좋은 일을 하는 행복에 겨워했다

솔내 유경환이 살아온 한국 사회는 시대적으로 격동기였다. 힘든 시대의 삶이 쉽지 않았을 것이나 어찌 보면 그런 힘든 적응의 과정에서 들인 노력과 시간의 결과물은 값진 기록이자 흔적일 수 있다.

한국전쟁 부산 피난 사춘기 시절 유경환은 소년문학상(16세)과 학원문학상(18세) 수상으로 문인의 길을 시작하였고 박두진 스승의 추천으로 시단과 아동문학계에 등단(22세)하였다.

청년 유경환은 5·16쿠데타를 비판하여 10년 가까이 정치적 탄압을 받았던 《사상계》 소속 언론인의 한 사람이 된다. 1966년 당시 사회·정치적 부조리에 분노하면서도 시를 썼고(첫 동시집 『꽃사슴』 출간), 기억할 만한 생전의 인물들을 만나 사회적·역사적 사실들을 기록하려고 노력했다(이범석 자서전 『우둥불』, 장준하 자서전 『돌베개』 출간).

30대 초반 선우휘와의 인연으로 〈조선일보〉 사회부 기자가 되었고 「만물상」 집필 당시 유신 논조에 힘들 때마다 자신을 위한 자신의 글을 썼었다(첫 동화집 『오누이 가게』 출간).

현직 기자 연수를 통해(미국 하와이대학과 미시간대학) 저널리즘의 사회교육 기능과 역할 연구에 집중하면서 1985년 청소년 성장소설과 『김구』를 비롯한 민족문화 관련 작품들을 집필하였다.

50대 초반에 신문방송학 박사학위를 받고 본인이 경험했던 한국 사회의 언론과 저널리즘의 역할, 그리고 문학에 대해 강의하기 시작했으며 그즈음 〈문화일보〉 논설주간으로 이직했다.

1990년 중반 〈아동문학교육원〉을 설립하고 1998년 아동문학 전문 계간지 《열린아동문학》을 창간하였다. 이후 10년간 「산노을」 가곡 노랫말을 비롯해 『낙산사 가는 길』 등 시집을 지속적으로 출간했다.

이 시집은 유경환 시인이 병상에서 남긴 시들을 모은 유고집이다. 한평생 원고지와 함께 살아온 진정한 문인 유경환이 다시 한번 그를 사랑하는 독자들에게 기억되면 하는 마음으로 발간한다.

원고지 메움에 당신 삶의 남은 시간까지 오롯이 헌납하며 격동기 사회의 돌밭 같은 시대를 아름답게 살았던 한 시인의 뜨거운 흔적을 여기 담아드린다.

2017년 5월

장녀 유사라 서울여자대학교 문헌정보학과 교수

1936년	11월 23일 유한식劉漢植과 김순학金順鶴 사이에 7남매 중 4남으로 황해도 장연군 대구면 송천리 706번지에서 태어남. 본관 강능. 아호 솔내.
1945년	맏형의 상급학교 진학에 따라 교육도시로 옮겨 옴. 8·15광복을 경기도 개성開城에서 맞음. 개성 궁정초등학교와 선죽초등학교를 다님.
1950년	6·25가 터지자 서울에서 형 셋이 모두 군에 입대함. 셋째 형이 배속된 3사단이 인제에서 포위되자 형과의 군사우편이 끊어짐. 이 경험을 소재로 동시를 써서 뒷날 〈조선일보〉 신춘문예에 입상함. 6·25가 글을 쓰게 된 동기가 됨.
1951년	1·4후퇴의 기미가 보이자 남은 가족은 대구로 피난 감. 대구의 서울 피난 연합중학교에 등록. 중학교 2학년 때 6·25로 학업이 중단되었기에 정직하게 중2 과정에 다시 등록하였더니 동기생들은 3학년에 등록하여 급우보다 1년이 늦어짐. 이로 말미암아 동창생들이 늘어남. 작가 이효석李孝石의 아드님 이우현李禹鉉과 작가 박영준朴榮濬의 아드님 박승렬朴勝烈과도 급우로 사귀게 됨. 이들과 나란히 대구 천막 가교사에 앉아 시인 김소영金素影 선생의 문학 강의를 들음.
1952년	대구에서 아동문학가 이원수李元壽가 주관한 월간지 《소년세

204

계》의 제1회 소년세계문학상에 동화 「오누이 가게」가 당선됨. 상으로 받은 5돈 금메달을 고등학교 등록금으로 씀. 월간지 《새벗》과 《학원》에 글을 투고하여 발표함.

1953년   부산으로 이주하여 영도에 개설된 임시 천막 학교 경복고등학교景福高等學校에 들어감. 부산 서면의 부전동에서 영도까지 걸어 다님. 서울이 수복됨에 따라 서울에 올라와 원효로 집을 개축하고 본교에 복학함.

1954년   대한기독교서회가 발간하는 월간 《새벗》사 주최 제1회 문예상에 동시가 당선. 월간 《학원》지의 제1회 학원문학상을 받음.

1955년   제2회 학원문학상을 받음. 《학원》 잡지의 문예란을 통해 이름을 알게 된 제주의 김종원金鍾元과 목포의 정규남丁奎南과 함께 학생시집 『생명의 장』(민성문화사)을 3인집으로 펴냄. 이때 《학원》지의 시 작품 선자였던 조지훈趙芝薰의 서문을 받았건만 시집 인쇄가 목포에서 이루어졌기에 수록 못 하고 육필 원고로 보관하고 있음.

1956년   경복고등학교를 졸업하고 연희대학교 정법대학 정치외교학과에 입학함. 연세문우회에서 스승 박두진朴斗鎭을 만남. 연세대학교 교내 신문 〈연세춘추〉의 학생기자 생활도 시작함.

1957년   〈조선일보〉 신춘문예에 응모, 동시 「아이와 우체통」이 당선작 없는 가작으로 입상함(선자 윤석중·어효선). 이로써 아동문학계에 등단함. 같은 해 《현대문학》지 11월호에 시 「바다가 내게 묻는 말」이 초회 추천됨(박두진 천).

1958년   《현대문학》에서 3회 추천을 마치고 시단에 등단함(천자 박두진). 이때 함께 추천 과정을 밟고 3회 추천을 마친 시인이 정공

채鄭孔采·박희연朴喜演 시인임. 초회 추천 6개월 만인 4월호에 완료된 것은 처음 있는 일이라 함. 나머지 추천 작품은 「석화石花」「혈화산血火山」.

1959년   대학 졸업 1학기 전에 월간 《사상계》사에 공채 1기로 입사함. 졸업 학점 취득이 거의 끝난 상태여서 가능했음. 9월 입사 발령이 59년 11월호 《사상계》 지면에 사령으로 발표됨. 한국시인협회 회원으로 가입함. 이후 한국시인협회 중앙위원·기획위원·심의위원을 역임함.

1960년   2월에 연세대학교 졸업. 《사상계》사 기자 신분으로 4·19를 맞고 취재함. 같은 해 7월에 《사상계》 발행인 장준하張俊河의 처제인 김은숙金銀淑과 서울 명동성당에서 관면혼배로 결혼.

1961년   5·16에 대해 《사상계》가 비판하자 수난이 시작됨. 군에 입대함. 육군병참학교를 거쳐 육군본부에 배속됨. 정훈감실에서 육군신문을 편집 제작함.

1963년   육군본부에서 유엔군사령부로 전속됨. 《자유의벗》이라는 월간지의 취재 편집에 참여함. J. D. Salinger의 『The Catcher in the Rye』를 『호밀밭의 파수꾼』(평화출판사 사장 許昌成)이라는 책제로 바꿔 변역 출판함.

1964년   육군에서 36개월 복무를 마치고 만기제대함. 월간 《사상계》사에 복직함.

1965년   《사상계》 편집부장 피임(30세). 시작詩作보다 사회참여적인 글을 많이 씀.

1966년   첫 동시집 『꽃사슴』(숭문사)을 펴냄.

1967년   장준하 발행인이 국회의원 겸직 금지 조항에 걸려 사임하고 《사상계》의 종로1가 한청빌딩 시대가 끝남. 새 발행인 부완혁夫玩爀 체제에서도 10개월간 편집부장직을 수행함. 이 시절에 황활원黃活元, 김중위金重緯와 함께 근무함. 일과 뒤 그리고 일요일에 철기 이범석李範奭의 장충동 자택에서 이범석의 자서전 집필을 위해 유무정(柳武正, MBC 프로듀서)과 함께 회고담을 3개월간 녹음함. 이를 정리하여 자서전 『우둥불』 원고로 집필함. 이 사실을 이범석은 자서전에 끝에 밝혀놓았음.

1968년   부완혁 발행인에 의해 《사상계》 편집부장 직위에서 직위해제됨. 이 사실을 〈조선일보〉 등 일간신문에 게재된 전5단 광고로 인지함. 개별 통고를 받은 사실이 없음. 부夫 발행인은 《사상계》 원고를 가지고 심화인쇄소로 가서 제작하면서 본인과의 면담을 기피하였음. 그 이후 구속 중 병보석으로 풀려난 장준하의 자서전 원고 집필을 위해 3개월 동안 서울 조광현趙光賢내과의원에 입원 중인 장준하로부터 집필 내용을 구술받아 정리함. 이 원고로 자서전 『돌벼개』가 출판됨(『돌벼개』의 원고는 《사상계》에 연재되었던 회고록과 다른 것임). 같은 해 9월에 중앙일보사 홍성유洪性囿 부사장으로부터 중앙일보사 《월간중앙》 편집에 참여 권유를 받음. 그러나 9월에 조선일보사에 입사함. 조선일보사의 《사상계》 인수 계획이 추진되었으나 성사되지 못함. 그 대신 격조 있는 주간지 《주간조선》 창간에 참여함. 최석채崔錫采의 시론 「민족의 동질성 회복이 급하다」는 논문을 《주간조선》 창간호 제1면에 게재하는 식의 편집을 함. 이후 22년 동안 조선일보사에 근무함. 《주간조선》 편집실장, 조사부 차창, 문화부장(석), 문화부장, 논설위원, 〈소년조선일보〉 주간, 논설위원 겸 조선일보 70년사 편찬실장을 역임함.

1969년   첫 시집 『감정지도』(삼애사)를 펴냄.

1970년   《현대문학》사의 현대문학상을 받음.

1971년   첫 동화집 『오누이 가게』(대한기독교서회)를 펴냄.

1972년   위인전 『안중근』(태극출판사)을 펴냄. 시 작품 「산노을」이 박
판길朴判吉 작곡으로 발표되어 한국 가곡에 선정됨. 미국 하
와이대학교 병설 동서문화원East—West Center의 장학금
Jefferson Fellowship을 받음. 현직 기자(문화부장)로 유학하여
신문학을 공부함.

1973년   귀국하여 문화부장에 복직함.

1974년   첫 수필집 『길에서 주운 생각들』(범우사)을 수필가 박연구朴演
求의 주선으로 펴냄. 한국뇌성마비복지회 창립이사로 취임하
여 5년간 재임함.

1975년   〈조선일보〉 논설위원에 피임(40세). 〈조선일보〉 1면 칼럼
「만물상萬物相」을 집필함. 5년 동안 씀.

1976년   위인전 『퇴계 선생 · 율곡 선생』(동서문화사)을 펴냄.

1977년   해외 취재 및 여행기를 수록한 기행에세이집 『유럽의 국제열
차』(관동출판사)를 펴냄. 수필집 『새끼손가락의 약속』(일지사)
을 펴냄.

1978년   〈조선일보〉에 집필한 1면 칼럼 「만물상」을 간추려 에세이집
『70년대 변주곡』(평화출판사)으로 펴냄. 또 그 뒤의 것을 간추
려 『툇돌에 낙수』(태창문화사)로 펴냄. 그동안 사설로 게재 발
표된 문화시론 격의 글을 『유경환의 기침소리』(도서출판 까치,
사장 朴鍾萬)로 펴냄. 수필집 『환상의 겨울, 눈밭의 발자국』(연

희출판사)을 펴냄.

1979년	대한출판문화협회 출판문화저작상을 받음. 미국 미시간대학교(University of Michigan)에 풀브라이트 장학금으로 유학이 결정됨. 수필문우회에 참여 정기 모임에 참석함. 조선일보 사장 방응모方應謨의 약전을 10개월 동안 잘 수집하여 집필함(1932-1950년 사장 재임 기간 친지, 가족 및 신문사 간부 증언 녹음으로). 이 원고로 이흥우李興雨 출판국장이 『계초 방응모전』을 조선일보 출판국에서 발간함.
1980년	미시간대학교에 유학. 매스커뮤니케이션학과의 피터 클라크 Dr. Peter Clark 교수가 공동연구자로 선임됨. 사회교육 기능으로서의 미디어 활용 방안과 정서 효과에 대해 연구함.
1981년	귀국하여 조선일보사 〈소년조선일보〉 주간(부국장급)에 취임. 에세이집 『어린이를 위한 에세이』를 교육출판사(배영사)에서 펴냄. 수필집 『나무의 영혼』(연희출판사)을 펴냄. 대한민국문학상(아동문학 부문)을 문화의 날에 받음. 사회복지법인 홀트아동복지회 이사로 선임. 이후 18년 동안 재임.
1982년	한국간행물윤리위원회 심의위원 위촉. 2기 연임.
1983년	〈조선일보〉 논설위원으로 재피임. 개신교에서 천주교로 개종하고 영세받음. 세례명 크레멘츠. 선조 가운데 유진길劉進吉 아우스팅 순교자가 있음(원래 출생지 황해도 장연군 대구면 송천리는, 우리나라에서 개신교 예배당이 처음 세워진 곳이었고 선교사들의 별장이 많았던 곳임). 한국공연윤리위원회 심의위원 위촉, 2기 연임. 천안 독립기념관 설립 추진위원회 운영 및 조경분과 자문위원 위촉.

1984년	청소년을 위한 성장소설 「종이배」가 신지식 공저 『하얀 길』(금
	성출판사)에 수록되어 발간됨. 시 작품 「민들레」가 김동진金東
	振 작곡으로 가곡에 선정됨.
1985년	우리 고전 찾기 운동의 하나로 전개된 번역 사업에 참여하여
	고전 『삼학사三學士전』(민족문화추진회)을 펴냄. 위인전 『김
	구』(견지사)를 펴냄. 연세대학교 대학원에서 매스커뮤니케이
	션 연구로 박사학위 과정을 마침(석사과정은 행정대학원에서
	1982년에 마침).
1986년	동포東圃문학상 받음. 교육에세이집 『한 그루 꿈나무를 위하
	여』(동화출판공사)를 펴냄. 수필집 『아픔 끝이 사랑인 것을』(도
	서출판 써레)을 펴냄. 수필집 『눈으로 말하는 것』(범우사)을 펴
	냄. 열 번째 해외여행을 함. 한국영화진흥공사의 우수영화 선
	정위원에 위촉.
1987년	논설위원 겸직 조선일보 70년사 편찬실장에 피임. 70년사를
	쓰기 시작함. 교육에세이집 『사랑의 나침반』(써레)을 펴냄. 시
	작품 「유월 나비」가 박판길 작곡으로 KBS 위촉 가곡으로 선
	정됨. 한국잡지협회 우수잡지 선정 심사위원에 위촉, 5기 연임.
1989년	연세대학교 대학원에서 「한국의 일간 소년 신문의 사회적 기
	능에 관한 연구」 논문으로 언론학 박사학위를 받음. 연세대학
	교 언론홍보대학원에 시간강사로 출강을 시작함. 이주홍李周
	洪아동문학상을 받음. 교육에세이집 『사랑의 무릎학교』(동화
	문화사)를 펴냄.
1990년	3년 동안의 자료 조사, 수집, 집필 과정을 거쳐 『조선일보 70
	년사』(조선일보사)를 탈고함. 3권으로 발간함. 사사편찬위원회

가 제3권 후기에 집필자임을 밝혀놓았음. 제1회 박홍근朴洪根 아동문학상을 받음.

1991년   현대現代그룹이 설립한 〈문화일보〉의 창간에 참여함. 조선일 보사를 떠나 문화일보사로 전직함. 〈문화일보〉 논설위원(국 장급) 취임. 수필집 『누워서 들어야 들리는 이야기』(대교출판 사)를 펴냄. 어린이 정서교육서 『글짓기의 첫걸음』(대원사)을 펴냄. 대한민국동요대상을 받음. 계간 수필전문지 《창작수 필》지에 창간호부터 수필을 기고함. 계간 수필전문지 《현대 수필》에도 기고하기 시작함. 한국방송위원회 제도개혁위원 회 위원 위촉. 조병화趙炳華 시인의 편운片雲문학상 운영위원 회 위원 위촉.

1992년   〈문화일보〉 편집국장(직무대리)에 취임. 같은 해 논설위원에 재피임. 위인전 『도산 안창호 겨레의 스승』(흥사단출판부)을 펴냄.

1993년   한국방송위원회 심의위원 위촉. 한국간행물윤리위원회 서평 위원 위촉, 2기 연임.

1994년   〈문화일보〉 논설위원실 실장 취임. 서울특별시 문화예술위원 위촉. 한국방송위원회 연예오락 부문 심의위원장 선임.

1995년   서울특별시문화상 심사위원 위촉. 서울특별시 시정자문위원 위촉. UNEP한국위원회 이사 위촉, 2기 연임. 서울 서대문구 치소 자리에 독립공원 조성 계획 및 영등포구 문화예술의집 공원 조성 계획 추진에 참여.

1996년   〈문화일보〉 논설주간 피임(이사 대우). 부천시 원미구 역곡2동 에 도서 시설을 마련한 〈한국아동문학교육원〉을 설립함.

1997년	문화일보사에서 이사 대우 논설주간으로 정년퇴임함(호적상 만 65세). 연세대학교 사회과학대학 신문방송학과에 강사로 출강, 교단에 섬. 추계예술대학교 문예창작과에 대우교수로 출강. 서울특별시 세종문화회관 개편추진위원회 위원 위촉.
1998년	대산문화재단 창작지원 심사위원 위촉, 4기 연임. 수필전문지 5종에 발표했던 작품 80여 편을 문예진흥원 창작지원금으로 수필집 『나무호미』(세손)로 펴냄. 〈문화일보〉 논설고문으로 문화칼럼 「회전목마」를 격주로 1년간 집필. 계간아동문학지 《열린아동문학》 주간 취임.
1999년	세브란스에서 심장우회수술 받음. 20여 년간 살던 부천의 역곡을 떠나 일산으로 임시 이주 요양함. 재단법인 세종문화회관 이사에 선임. 〈조선일보〉 〈동아일보〉의 신춘문예 동시 심사위원 위촉. 한국가톨릭문학상 심사위원 위촉.
2000년	〈한국아동문학교육원〉 원장 취임. 대산문화재단 자문위원 위촉. 한국문화정책개발원 문화기반시설평가위원 위촉, 3기 연임. 〈조선일보〉 신춘문예 동시 심사위원 위촉. 《계간수필》지 편집위원 위촉. 심장 수술함.
2001년	만 65세로 5년 동안의 대학 출강을 끝냄. 〈조선일보〉 신춘문예 동시 심사위원 위촉.
2002년	〈조선일보〉 신춘문예 동시 심사위원 위촉. 〈동아일보〉 신춘문예 아동문학 심사위원 위촉. 수필선집 『초록비』(선우미디어)를 펴냄. 추계예술대학교 문창과 초빙교수로 재출강.
2003년	동화집 『닷새장 가는 길』(예림당)과 동시집 『농사리 사람들』(대교출판)을 펴냄. 작곡가 윤해중 교수와 함께 가곡 〈오솔길〉 등

20곡의 노랫말을 써서 『윤해중 가곡집』으로 펴냄. 「낙산사 가는 길 3」으로 정지용문학상(제15회 지용회)을 받음. 한국잡지언론상(제37회 한국잡지협회)을 받음.

2004년   가곡 「산노을」 「유월 나비」(박판길 작곡), 「민들레」(김동진 작곡), 「오솔길」(윤해중 작곡), 「바람 속의 주」 「제비꽃 핀 언덕에」(김정식 작곡) 등 200여 곡의 노랫말(시)이 한국음악저작권협회에 등록됨.

2005년   『오솔길 걸으며 선생님과 즐겁게 동시 배우기』(세손)라는 동시 짓기 교재를 펴냄.

2006년   수필집 『염소 그리기』(세손)를 3월에 펴냄.

2007년   향년 71세에 병환으로 별세(음력 5월 15일, 오후 5시 15분).

영원한 아동문학의 숲이 된 유경환 선생님

1998년 12월, 몇 안 되는 아동문학 잡지판에 새로운 잡지 하나가 등장한다. 제호도 큼직한 《열린아동문학》이다.

《열린아동문학》은 돌샘 동인들이 마련하는 글 마당입니다. 이글 마당은 계간으로 꾸며집니다. 이 글 마당에는 울타리가 없습니다. 한데 어울리는 동인들이 모두 좋다고 하면 앞으로 누구든 새 동인으로 맞아들입니다. 그래서 열린 아동문학입니다.

애초의 돌샘은 1995년부터 3년 동안 〈한국아동문학인협회〉의 협회 일을 뒷바라지해오던 사람들이 그냥 흩어지기가 섭섭하여 한 달에 한 번 꼴로 만나온 모임이었습니다. 그러다가 좀 더 폭넓게 개방하는 포럼 형식으로 키워보자는 뜻에서 《열린아동문학》을 펴내기로 하였습니다.

바라건대 이 글 마당이 아동문학의 성장을 위한 실험장이 되었으면 싶습니다. 좋은 글 좋은 사람이면 울타리 없는 글 마당으로 들어오십시오.

글이 곧 저울입니다.

편집위원회 대표이신 유경환 선생님께서 쓰신 글이다.

이렇게 해서 《열린아동문학》은 세손출판사 박진구 사장이 발행인이 되어 김원석, 노원호, 문삼석, 배익천, 엄기원, 이성자, 이준관, 이창건, 이창규, 임신행, 하청호 선생이 편집위원으로 참여하면서 유 선생님이 타계하시는 2007년 가을호(통권 36호)까지 결호 없이 발행되었다.

아동문학 잡지를 9년 동안 만드는 데 '별일'이 없을 수는 없다. 선생님 1주기를 맞아 펴낸 2008년 여름호(통권 39호)는 「유경환 선생과 한국아동문학」이란 특집을 꾸미면서 무려 21명의 필진을 동원한다. 그 글 속에는 '인간 유경환'과 《열린아동문학》의 속살이 여과 없이 드러나는데, 병환으로 입원하시고 운명하시는 순간까지 《열린아동문학》에 대한 선생님의 애정은 숭고하다 못해 눈물겹다.

선생님은 손수 원고 뭉치를 들고 다니시며 편집·교정은 물론, 발송 작업까지 하셨다. 대한민국 누구의 작품이든 마감 시간은 칼이었고, 교정·수정에는 대담하셨다. 창간 때 꽂은 이정표에서 벗어나지 않으면서 '내가 좋은 책을 만들어주는 만큼 당신들은 좋은 원고를 줘야 한다'는 무언의 압박을 하셨던 것이다.

연보와 조합을 해보면 〈문화일보〉 논설주간으로 계실 때 심장 수술을 받으신 적이 있다. 이후 낙산사 인근에서 요양을 하시며 마지막 시집 『낙산사 가는 길』(문학수첩)을 편찬하셨는데 거기에는 예언과 같은 시 작품들이 더러 있다. 그러고 보면 선생님의 《열린아동문학》은 그 예언과 같은 한 편의 시일지도 모른다.

《열린아동문학》 표지 뒷면에 '《열린아동문학》이 꽂아놓은 이정표'가 있다.

- 우리는 아동문학이 인간을 위한 기초문학이라는 생각에서 그 중요성을 바로 인식하는 운동을 편다.
- 우리는 아동문학이 성인문학과 대칭적인 위상을 갖는 것이 아니라 그것과 연속적 지위를 갖는다고 본다.
- 우리는 전인적 인성교육에서 긍정적 영향을 끼치는 정서 촉매 기능의 감동을 믿어 의심치 않는다.
- 우리는 이런 주장의 옳고 그름을 따지는 일을 오로지 작품을 써내는 작업으로 대신하고자 한다.
- 우리는 아동문학 풍토에 동아리나 패거리를 만들 의도가 없음을 아울러 밝힌다.

여기서 '우리'는 유경환 선생님을 비롯해서 《열린아동문학》 편집위원을 말하며, 백승자, 송년식, 이상배, 한명순 선생이다. 그리고 뒤표지 안쪽에 편집후기 형식으로 '글이 곧 저울'이라는 바로 그 글이 있다.

선생님 타계 후, 두 번의 결호 끝에 《열린아동문학》 제2기 시대가 2009년 봄호(통권 40호)부터 시작된다. 편집위원은 1기 멤버였던 백승자, 한명순 선생과 1970년대 등단한 40여 년 글동무(김병규, 강원희, 배익천, 소중애, 송재찬, 이규희, 이동렬, 이상교, 이

영원)들이다. 그리고 그 뒤에 홍종관·박미숙 부부가 있다. 이 두 분 뒤에는 '방파제'가 있다('방파제'는 부산 광안리해수욕장 근처에 있는 자연산 횟집 상호다).

두 번의 결호를 내며 방황하던 《열린아동문학》이 어느 날 이렇게 내게 왔다. 어느 누구의 입에서 나왔는지 모르지만 유경환 선생님이 병원에 계실 때 '만약의 경우, 《열린아동문학》을 부산의 배익천에게 맡기라'고 하셨다는 것이다. 참 걱정스러운 일이 아닐 수 없었다. 30여 년 잡지, 《어린이문예》(부산MBC 발행)를 만들면서 누구보다도 그 어려움을 잘 아는지라 눈앞이 캄캄했다. 그때 홍종관 부부가 말했다. "한번 해보입시다." 홍종관 부부는 주인과 손님으로 만난 30년 좋은 친구, 내 친구라면 누구나 알고 있는, 동화 쓰는 사람이라면 거의 알고 있는 분들이다. 이렇게 해서 《열린아동문학》 제2 창간호가 나온다. 편집·출판은 우리(홍종관, 박미숙, 배익천)와 오랜 친분이 있는, 〈대교출판〉에서 어린이 잡지 《나이테》를 만들던 이기창 사장이 맡았다. '아동문학이 인간을 위한 기초문학이라는 생각에서 그 중요성을 바로 인식하고, 아동문학 풍토에 동아리나 패거리를 만들 의도가 없다'는 창간호에 실린 《열린아동문학》 이정표를 일정 부분 수용하면서, 이름보다 작품을 우선하며 싣는 잡지, 우리나라 아동문학가들이 꼭 한번 작품을 실어보고 싶어 하는 잡지를

217

꿈꾸며(40호 편집후기 중에서) 새 깃발을 세웠다.

홍종관 발행인은 '튼실한 나무의 숲을 꿈꾸며'라는 제목으로 이렇게 여는 글을 썼다.

> 봄입니다. 봄은 땅이며, 나무와 풀이 마음의 문을 활짝 여는 계절이지요.
> 《열린아동문학》도 조심스럽게 새 문을 열었습니다. 제가 할 일이 아님을 잘 알면서도, 제가 쓸 글이 아님을 잘 알면서도 여기까지 떠밀려 왔습니다. 오직 잘못이 있다면, 아동문학을 사랑하는 사람들을 사랑한 것밖에 없습니다. 아름다운 사람들을 지켜보면서, 제가 이 세상에서 해야 할 일이 무엇인가를 생각해보았습니다. 그 생각의 끝자락에서 목숨이 있는 것은 언젠가 그것을 땅속에 묻는다는 것을 알았지요. 저는 저의 몸과 마음을 땅속에 묻으면서 그 땅에 나무를 품으리라 마음먹었습니다. 이 땅에서 자라는 동시나무를, 동화나무를, 그리고 그 나무들이 자라 아름다운 숲이 되는 행복한 꿈을 꾸었습니다. 분명 행복한 꿈입니다. 저는 이 행복한 꿈이 저만의 꿈이 아니길 또한 꿈꿉니다. 동시와 동화나무가 자라는 숲, 그 한 그루, 한 그루의 나무가 이 숲 속에서 자랑스러워할 때 이 숲은 자랑스러운 숲이 될 것입니다. 그 숲에서 뛰어노는 우리의 어린이들이 자랑스러워할 것입니다. 그 모습을 지켜보는 아버지, 어머니들이 자랑스러워할 것입니다. 숲이 우거지면 온갖 풀과 나무가 제자리를 찾아 꽃을 피우고, 새들이 날아들고, 짐승들이 보금자리를 틀 것입니다. 모든 것을 보듬고 품은 평화로운 숲이 될 것입니다.

그 무렵 우리는 경남 고성군 대가면 연지리에 산 3정보를 구입해 '동화나무의 숲'이라 명명하고 즐거운 노후를 꿈꾸고 있었다. 우리나라 동화작가들에게 나무 한 그루씩을 주어 가꾸게 하면서 동화작가들의 휴식 공간을 만들어주고 싶었던 것이다. 그러던 차에 《열린아동문학》을 만들게 되었으니 숲 이름을 '동시동화나무의 숲'으로 바꾸는 것은 당연한 일이었다.

《열린아동문학》도 새롭게 변신을 했다. 우선 150여 쪽의 잡지가 250~300여 쪽으로 부피를 늘렸다. 원래는 250여 쪽을 계획 했지만, 청탁 원고가 제때에 다 들어오지 않으면 200쪽을 겨우 넘길 때도 있었고, 미루었던 원고가 한꺼번에 들어오면 300쪽 도 넘었다. 편집 방향도 바꾸었다. 우선 앞 쪽에 원색으로 동시 1편, 동화 1편을 싣고, 동시는 '동시나무의 숲' 코너에, 동화는 '동화나무의 숲' 코너에 실었다. '내 고향 내 작품' 코너를 만들 어 중견 작가·시인들이 자기 고향을 소개하면서 고향을 소재로 한 작품을 소개했다. 그리고 등단 10~15년 차로 활발하게 활동 하는 시인·동화작가 1명씩을 선정해 '이 계절에 심은 동시나 무', '이 계절에 심은 동화나무' 코너에 소개했다. 초창기에는 시인·작가의 선배가 당사자를 소개하고 신작을 실었지만, 지금 은 시인·작가가 자기의 문학관이나 작품 경향을 직접 쓰고 문 학적 연보도 싣는다. 41호부터 '아동문학의 오래된 샘' 코너를 신설해 등단 30년이 넘은 시인·작가를 편집위원들이 댁으로 찾 아가 인터뷰하고 기사를 실었다. 그리고 '열린 평론' 코너를 신 설해 동시·동화의 계평을 실었다. 이 모든 필자는 편집위원들 이 인연에 끌리지 않고 사심 없이, 오직 작품 위주로 추천을 하 고 직접 또는 메일을 통한 회의로 최종 선정했다. 한 해가 지나 2010년 봄호(통권 44호)에 제1회 '열린아동문학상' 사고社告를 냈다. 한 해 동안 실린 동시·동화 중에서《열린아동문학》의 자문위원, 기획위원, 편집위원들이 각 1편씩을 추천하고 제일 많은 추천을 받은 시인·작가를 수상자로 결정하는 상이다. 지금은 지난해 수상자, 계평자도 추천권이 있다. 대부분의 문학잡지가 원고료를 주는 데는 인색하다. 그러나《열린아동문학》은 원고료가 있다. 좀 특이하기는 하지만, 우선 1차 원고료로 게재지 3권과 한국화 솜씨가 수준급인 예원 박미숙 편집위원이 쓴 게재 작품(동화는 일부 발췌) 1점, 그리고 계절마다 참기름, 된장, 고추장, 김, 미역, 마른 멸치, 김장 김치, 표고버섯, 감말랭이, 여름 이불 등을 보낸다. 이 모든 것은 예원 선생이 주관한다. 그리고 2차 원고료는 모든 필자를 부산 '방파제'로 초대하는 것이다 (2016년 이후는 고성 동시동화나무의 숲으로). 그래서 정말 부산에서도 소문난 자연산 생선회를 마음껏 먹고, 각자 주량에 따라 밤새도록 바닷가며, 포장마차로 다니며 1박하고, 다음 날 아침 아침을 먹고 커피를 마신 뒤 감로 홍종관 발행인이 "이번 호 원고료는 여기까지입니다" 하면 원고료 지불이 끝난다. 2017년 봄호로 33회를 맞이했다. 이 행사의 이름은 '열린 한마당'이다. 요즘은 참석한 필자 중에서 최근에 발간한 책이 있으면 장미꽃 한 송이와 축하의 박수를 모아준다.

우리가 치르는 행사 중의 백미는《열린아동문학》문학상 시상식이다. 마삭줄과 때죽나무꽃 향기가 절정인 6월 첫째 주 토요

일에 치러지는데 서울에 전세 버스 2대, 부산에 1대를 보내면 전국에서 많게는 300여 명의 아동문학가들이 모인다. 그사이 '동시동화나무의 숲'에는 300여 명을 수용하는 강당과 100여 명이 잠잘 수 있는 가칭 '열린아동문학관'이 지어졌기 때문이다. 강당 안에는 유경환 선생님의 장서 5천여 권이 꽂혀 있다.

시상식은 숲에서 꺾은 꽃으로 장식한 화관을 전년도 수상자가 씌워주는 것으로 시작하는데 해마다 고성 군수가 환영사를 하고 300만 원의 상금과 함께 지역 주민이 재배한 쌀, 파프리카, 마늘, 양파 등이 부상으로 주어진다. 이런 부상들이 어느 해는 30여 가지가 넘을 때도 있다. 열린 한마당처럼 1박 2일로 치러지며, 동시 수상작이 작곡되어 연주되고 수상자의 작품(동화는 일부)을 수상자 가족이 낭독하는 깜짝 감동의 시간도 있다. 상장은 우리나라 최고의 인물화가 윤문영 선생이 그린 초상화와 수상작 일부가 쓰인 액자다. 수상자에게는 각각 다른 시상식 풍경이 담긴 사진첩도 만들어준다. 그리고 《열린아동문학》의 '이 계절에 심은 동시나무', '이 계절에 심은 동화나무', '아동문학의 오래된 샘', '내 작품의 고향'에 소개된 분이나 '열린아동문학상' 수상자와 계평을 쓴 평론가들에게는 자기가 좋아하는 나무 한 그루와 이름돌을 새겨주는데 이로 인해 '동시동화나무의 숲'은 천년을 이어갈 숲으로 오래오래 이 땅에 남을 것이다. 이름돌이 있는 나무는 벌써 180여 그루나 되며, 나무의 주인공 중 이재철, 김녹촌, 조장희, 주성호, 최영희 선생님 등 다섯 분은 이미 고인이시다. 우리나라에 단 하나밖에 없는, 세계에서도 찾아볼 수 없는 '동시동화나무의 숲'에는 편백길과 진달래길 그리고 산복숭아길과 마시고 5년 동안 죽어라 노력하면 세계적인 작가가 될 수 있다는 전설을 간직한 글샘 오솔길이 있으며, 굽이굽이 이팝나무, 동백나무, 매타세쿼이아, 산딸나무, 금목서, 낙우송, 애기동백, 화살나무, 매화나무, 배롱나무 등이 수천 그루 심겨 있고, 매화나무, 진달래, 차나무, 편백나무, 수선화, 꽃무릇, 도라지, 수국 등은 군락을 이루고 있다.

《열린아동문학》 판권 맨 왼쪽 아래에는 다음과 같은 글귀가 있다;

"《열린아동문학》은 고 유경환 선생이 창간한 아동문학 전문 계간지입니다"

백승자 편집위원은 '심신의 언어로 이슬을 보는 시인'이란 제목으로 쓴 취재기에 유경환 선생님을 이렇게 썼다;

사유의 깊이를 가늠하기 어려운 최고의 지성.

소년의 맑은 심성이 아주 많이 남아 있는 로맨티시스트.

일에 대해 철저한 신념을 지니고도 풀잎이나 이슬이나 새처럼,

아주 작은 것에 눈맞춤하고 이야기를 나누는 자연인…이라고.

또 이창건 선생은 〈한국아동문학인협회〉 회장을 맡았던 유경환 선생님을 두고

"아름다운 숲, 한국아동문학을 가꾼 정원사"라고 했다.

《열린아동문학》초대 발행인 유경환 선생님은 사유의 깊이를 가늠하기 어려운 최고의 지성으로, 영원한 아동문학의 숲 '동시동화나무의 숲' 한 그루 산딸나무로 남으시어, 오래오래 이 땅의 아동문학 숲을 가꾸고 지켜주실 것이다.*

배익천 동화작가 · 《열린아동문학》 편집주간

---

* 아울러 이 지면을 빌려, 이제는 5정보나 되는 '동시동화나무의 숲'을 가꾸고, '열린아동문학관'과 아동문학인 전문 집필실인 '자정향실'을 운영하며 《열린아동문학》을 발행하고, '열린아동문학상'을 시상하며 열린 한마당을 펼쳐주는, 그래서 이 땅의 아동문학가들이 아동문학을 해서 행복하게 만들어주는 홍종관 · 박미숙 선생께 지상 최고의 찬사와 감사의 마음을 보내며, '동시동화나무의 숲'이 아동문학가들에게는 명예의 숲이, 어린이들에게는 어린 시절 꼭 한번 다녀가야 할 숲이 되길 꿈꿔본다.